KB210239

사랑하지 않겠다는,

　　　사랑하지 않았다는　　　거짓말

이진수 시집

사랑의 인사

사랑의 온도

사랑의 물음

사랑의 이해

웃지 않은 날 보다
웃고 있는 날이 많더라
내가 아닌 또 다른 내가

돌이켜 보면 웃음 뒤엔 울음이 있었을지도

사랑이 그런 거 같아요
웃음꽃이 떠나질 않을 듯
착각 속에 살다가도

웃음꽃이 저물 땐
한없이 슬픔만이 가득한 것처럼
웃음 안에는 늘 울음이 같이 공존하고 있다는 사실을

사랑하며 알아갑니다.

사랑의 인사

너라서 예쁘다

부끄러운 듯 고개 숙인 빨간 귀도
홍사과처럼 새빨개진 얼굴도
수줍은 듯 지어보는 보조개도
진짜 예쁘다

생각에 잠긴 멍한 모습
조곤조곤 생각을 씹고 뱉던
너의 애교 섞인 목소리도
진짜 예쁘다

답답함에 들썩이던 어깨
감정에 지고 싶지 않아 참던 눈물
훌쩍이며 품에 안긴 너의 마음
진짜 예쁘다

나는 그냥 모든 것이 너라서 예쁘다.

꿈은 반대라던데

처음 본 그날을 기억해요
잊히지 않는 그의 얼굴
우린 다시 볼 수 있을까요

매일 꿈을 꾸어요
차마 건네지 못한 말들
수줍게 용기 내 건네는 인사
멋쩍지만 환하게 웃는 얼굴

매일 같은 꿈이어도 좋아요
같은 시간, 같은 곳에서
짧지만 우린 만났거든요

오늘은 그날이 되길 빌어요
잊을 수 없는 강렬했던 첫인상
매일 꾸는 꿈이, 꿈이 아닌 그날을

우리가 만난다면 가장 하고 싶은 말이요?
음… 뭐 좋아해요?

사랑의 씨앗

그대 마음속 내리쬐는 햇살이 될래요
그대 품속 따스하게 자리하는 햇빛이 될게요
내 마음 하나 자리 잡지 못한 채
흔들리는 갈대지만 그대 마음 한쪽에
자리할 수 있다면 나 그렇게 할래요

내가 심은 씨앗
흐르는 감정 씻어 갈 물길 만들고
내 마음 덮어줄 좋은 비료 뿌리고
사시사철 깊은 사랑 피어나게
나의 눈물까지도 흘려보내요

의미 없는 씨앗 없고
안 좋은 씨앗 없고
그저 나의 정성, 온 마음 다해
내리쬐는 햇살, 햇빛 되어
깊은 사랑 피어나기 위해

자르고 다듬어가며 나의 마음
그대 위해 내리쬐겠습니다.

사랑이라 말하면

사랑이라 말하면
너를 보고 싶은 지금, 이 순간이고
너를 생각하며 하루를 마무리 짓는
꿈속에서마저 너와 함께하는
그 순간이다

사랑이라 말하면
너의 마음이 궁금하고
너의 일상에 들어가고 싶고
너와 함께하는 순간순간이
마치 꿈만 같다

사랑이라 말하면
너와 다퉈 멀어진 그 시간 속에도
너의 하루가, 너의 시간이, 궁금하고
너를 못 보는 내 하루가 원망스러워
너에게 달려가 안기는

바로 지금이다.

사랑이 온다면

그냥 걷고 또 걸었어
벅찬 가슴 식어 전하지 못할까
하염없이 걷고 걸었어
같은 곳, 같은 발, 같은 길
내가 찾아 걷던 사랑의 의미

그냥 멍하니 보고 또 바라보았어
빗물 닿아 번진 마음 전하지 못해
하염없이 원망하며 바라보았어
내 한숨, 내 마음, 내 목소리
내게 찾아온 너라는 존재

사랑은 찾아가는 것이 아니라
사랑은 찾아온다는 걸 알려준 사람
사랑이 온다면 그건 너였겠지.

눈치 없는

바보처럼 단순하기도
바보처럼 답답하기도
바보처럼 해맑기도
바보처럼 슬프기도

남들은 모르는, 남들은 보지 못한
그 사람 앞에서만 바보가 되는
나의 마음과 나의 모습을

왜 당신은 알지 못하는 건가요.

새벽 가로수 길

달이 보고 싶어 구름을 지웠고
별이 보고 싶어 밤하늘을 그렸고
홀로 있는 이 밤 더해 줄 가로등 불빛 켜고
당신이 보고 싶어 마음 한 소절 담아내니
유난히 이 밤 아름답구나.

우연히

당신이 자주 가는 카페를 가보았고
당신이 자주 즐기던 커피 한잔과
당신이 사색에 빠진 자리에 앉아
당신의 생각을 들여다봅니다

카페에는 당신의 흔적이 가득하고
즐겨 먹는 커피 속 당신의 이야기와
창가 너머 비쳐오는 따스한 햇볕은
사색을 넘어 당신의 마음이 느껴집니다

우연인 듯 우연을 가장한 오늘의 걸음이
당신을 그려가는 저의 마음을 더 빨갛게
칠해 줍니다.

오늘의 나는

오늘의 나는 내일의 너를 보고
내일의 나는 오늘의 너를 만나
지금의 나는 순간의 너를 담아본다

오늘의 나, 내일의 나, 지금의 나
모두 너와 함께하는 그 순간만을
가슴속에 영원히 그림으로 칠해본다.

애태움

외로움을 대체할 수 있는 것
그것은 사랑이었다

사랑을 채울 수 없는 것
그것은 외로움이었다

사랑은 화려한 줄 알았고
사랑은 고귀한 줄 알았다

사랑이라 말할 수 있었던
사랑이라 부를 수 있던 건
사소함의 표현이자
말이 아닌 행동이었다

애타게 외쳐 본 사랑 소리.

그대만이

나의 세상을 줄 수 있다면
오직 그대이면 좋겠습니다
이 행복, 이 슬픔
나의 감정을 나눌 수 있다면
오직 그대이면 좋겠습니다

그대만이 할 수 있는
그대만이 전할 수 있는
그 모든 것들이
오직 나였으면 좋겠습니다

나에게 그대가
전부이길 바라왔던 이 순간이
시작이자 끝일 수 있다면
오직 그댈 위한 하루가
오직 그댈 위한 마음이
오직 그대와 함께하는

전부가 되었으면 좋겠습니다
나에게 오직 그대만이, 이 세상 전부니까요.

사랑할 기회

내게 사랑할 기회가 주어진다면
그건 당신이었으면 좋겠습니다

내게 함께할 사람이 생긴다면
그건 당신이었으면 좋겠습니다

내게 행복이 가득하여 웃을 수 있다면
그건 당신이 함께여서 그렇습니다

내게 슬픔이 차올라 울고 있다면
그건 당신의 울음에 대한 벌일 테고

내게 꿈같은 일상이 펼쳐진다면
그건 당신과 같이 꿈을 꾸고 있기에
매일의 시간이 꿈처럼 느껴지는 거겠죠

사랑을 할 수 있어서
사랑을 줄 수 있어서
그 모든 것이 당신이어서
사랑이 참 아름답습니다.

술잔 속에 당신

혼자가 익숙해지는 시간이
얼마나 고되고 아픈
역사가 되어가는 기록인지
기울지 못한 마음이 말해요

혼자가 편안해지는 지금이
얼마나 쓸쓸하고 고독한
시간 여행의 연속인지
거울에 비친 모습이 말해요

나의 하루가
나의 일상이
술잔에 채워져 가는 거라면

당신의 하루와
당신의 일상은
술잔 속을 투사하여 들어 온

운명이 아닐까요.

처음 본 순간

햇빛을 뚫고 내리는, 구름을 뚫고 내리는
하얀 빗줄기를 보았다

너무나 투명해서, 너무나 선명해서
기억에 스치지 못해, 마음속 가득히 자리 잡아
용기 내 우리를 꿈꾸어 보았다

표현조차 하지 못해, 쌓이고 쌓인 응어리가
입 밖을 나와 춤추듯, 조심스레 던져보는 속 마음

거칠듯 정제되지 않은, 서툰 마음이 마주친 눈을 넘어
마음마저 전해질 수 있을까?
작아진 심장 부여잡아 온 공기를 들이마셔 본다

아직은 낯선
아직은 잊지 못한
아직은 닫힌
마음의 문

열 수 있는 열쇠가 있다면, 그건 오늘 본 당신이 아닐까.

그런 당신이기에

이별이 아리고 쓰린 상처라면
나는 사랑하지 않겠습니다

사랑의 시작과 끝이 정해지는 거라면
나는 사랑하지 않겠습니다

설렘보다 시련이 많은 사랑이라면
나는 사랑하지 않겠습니다

그 모든 것을 젖혀두고
온전히 나란 존재를 품어 줄 당신이라면
나는 용기 내 사랑하겠습니다

사랑의 순위를 매기지 않는
그저 나라는 사람을 있는 그대로
봐줄 수 있는 눈을 가진

그런 당신이기에
나는 용기 내 사랑을 전합니다
"내가 많이 사랑합니다. 당신을."

품고 품은 당신

해줄 수 없어 늘 미안한 마음
충족시킬 수 없어 늘 부족한 마음
초라해져 가는 나 자신

이유 불문하고 힘을 주는 사람
나지막이 마음을 건네주는 사람
부족함을 떠안아 품어준 사람

보잘것없는 것이 아니라 보지 못한
부족함이 아니라 방향이 달랐던
그런 나에게 조용히 뿌리내린
꽃처럼 아름다운 사람아

검게 그을린 세상 속
하얀 눈꽃 가득한 세상을 알려준
미련한 사람아

내 곁이 겨울이면, 네 곁이 여름이었던
한결같은 사람이 되어 주어서
나는 늘 겨울이 반갑더라.

청량리역

당신을 만나러 가는 일곱 정거장
너무나 가슴 벅찬 설렘만이 가득합니다

창밖에 비추어진 조화로운 풍경도
나의 마음을 아는지 너무나 아름답습니다

하나하나 지나치는 정거장은
마치 우리의 만남을 담은 듯
한장 한장 넘겨지는 사진첩이 되고

눈 앞에 펼쳐진 세 글자는
당신과의 오늘을 기억할
또 하나의 추억이 되어갑니다

보고 싶었던, 듣고 싶었던
나의 마음과 당신의 목소리
마주한 당신의 얼굴과 마음이
텅 비워진 마음을 포근히 채워주네요

정말 많이 보고 싶었습니다.

너의 존재

네가 누구든
네가 누구였든
네가 어떤 사람이든
나는 중요하지 않아

나에게 중요한 건
내게 날아온
너라는 존재일 뿐이다.

너에게 머물다

서글픈 마음에 눈물이 나
복잡한 마음에 흔들리고
멈추지 못해 아파했어

쓰디쓴 나의 시간
엉켜있는 감정들
머물 곳 없어 정차하지 못한 나

오늘 하루만큼은 달콤했으면
오늘만큼은 풀어냈으면
단, 한 곳이라도 머물 수 있기를

너의 시간, 너에 세상 속
달콤했던 그날처럼
단 하루만 곁에 머물고 싶다.

오죽 보고 싶을까

오죽 보고 싶을까
지문 닳아 매끄러운 손
넘기고 또 넘겨보는 너와의 추억

꿈에서 만날까
마음의 문 열어놓고
풀어보는 너와의 기억

그리운 마음 이기지 못한 보고픈 마음
하나둘씩 꺼내입고
보고픈 마음 달래주러
하염없이 걸어본다.

너의 별

어두운 밤하늘 지키는 달
어두운 밤하늘 비추는 별

너의 어두운 순간을
너의 어두운 마음을
지키고 빛내는 내가 될게.

민들레 홀씨 되어

당신의 어깨에
당신의 손등에
당신의 마음에
살포시 내려앉아요

솜털 같은 바람 타고
당신의 발걸음 맞춰
당신과 함께할게요

주체할 수 없는
보고 싶은 마음이
가볍게 스친 입김 따라
당신의 품속에 자리 잡아요

어디든 갈 수 있는 민들레 홀씨
보고 싶은 이 마음 담아
당신의 민들레 홀씨 되어

마음속 함께할게요.

집으로 가는 길

오늘도 이렇게 글을 적어요
못다 한 이야기, 못 전한 감정들
말하지 못한 오늘의 말, 글을 빌려 전합니다

내일이 기다려져 밤잠 못 이뤘고
수많은 사람 속 당신은 유난히도
빛나고 아름다웠습니다

흥건해진 땀이 야속하면서도
맞잡은 두 손 놓기 싫어 걸음을 재촉했고

매일 걷던 길도 잃을 만큼
헤어짐이 아쉬워 걷고 또 걸었습니다

해가 저물고 달이 떠오르며, 보이지 않던 별이 보이니
괜스레 멈추어 기다려봅니다

누르지 못한 당신의 이름, 지우고 쓰며 보내지 못한 용기
아쉬움 남긴 채 돌아서야만 했던 무거운 발걸음

오늘도 이렇게 당신을 생각합니다.

그런 사람이 되고 싶다

구름 몽글몽글 띤 하늘 펼쳐질 때면
너의 두 손 붙잡고 하염없이 걸으며
이야기꽃 가득 피우고

너의 울적한 마음 알아주듯
하늘 가득 먹구름 드리울 때면
너 닮은 꽃 한 송이 건네며
너의 마음 나누고 싶고

뽀얀 하늘 속 따스한 햇볕 쬘 때면
너의 입가에 번진 미소만으로
나의 마음 따스해지듯

나는 너에게 그런 사람이 되어 주고 싶다.

공감이란 것

힘들어 지쳐 멈춘 나에게
힘내라는 말 대신
조용히 고개를 끄덕여 주던 너

힘들어 지쳐 예민한 나에게
위로의 말 대신
조용히 이야기를 들어주던 너

힘들어 지쳐 울던 나에게
힘내라는 말 대신
조용히 안아주던 너

익숙한 말보다
뻔하디뻔한 말보다
조용히 마음을 내어준 네가 있어

오늘도 마음이 따뜻하다.

달빛 아래 비춘 그림자

마음 한 줌이 열 줌이 되기까지
수많은 마음이 담겼다

내가 품은 나의 마음 한 줌
원하든 원하지 않든
스며들어온 마음의 크기

빼낼 수 없는, 뺄 수 없는
수많은 사람들의 마음

빨갛게 달아올라
톡 하고 터질 것만 같은 마음의 소리

놓지 못해서, 놓을 수 없어
마음은 늘 커져만 갑니다

나의 마음은 미루고 미뤄야만 했던
어느 날의 달빛 아래에서.

처음이 아닌 것처럼

오늘이 처음이 아닌 것처럼
당신의 모습이 익숙하고

지금이 처음이 아닌 것처럼
당신의 마음이 따뜻하고

순간이 끝나지 않는 것처럼
당신과 함께하길 소망합니다

오늘 그리고 지금, 이 순간
나의 마음은 당신 마음을 향해
긴 여정을 시작해요.

그 끝은 늘

나를 두고 어차피 갈 사람이라면
뒤돌아보지 말고 미련 없이 가주세요

우리가 나눈 슬픔은 당신이 떠난 후
서로의 약점과 서로의 치부가 되고

우리가 나눈 행복은 당신이 떠난 후
서로의 시기와 서로의 질투만이 남았네요

서로의 축복을 응원해줘도 모자란
서로의 슬픔을 보듬어줘도 모자란
우리였지만 그 끝은 늘

기억하면 가슴 아픈 상처만이
꽃피우네요.

사랑의 온도

너로 가득 채웠다

오늘은 둥근 달에 너를 채우고
내일은 손톱 닮은 초승달에 너를 채우고
모레는 가려진 반달에 너를 채운다

슬프고, 힘들 때
기쁘고, 행복할 때
나의 모든 기분과 감정을
마무리 짓는 하늘 가득 너를 채우고

채우지 못한 나의 마음은
밝게 비춘 별빛 따라
너로 가득히 채워 가리.

이 세상 가장 아름다운 말

일 년이 열두 달로 쪼개어지고
열두 달이 사계절로 담기며
사계절 중 너는 봄과 닮았다

겨울보다는 여름을 좋아하는 너와
여름보다는 겨울을 좋아하는 나와
가을보다는 봄을 기다리는 너와
봄보다는 가을을 기다리는 나와

우리는 늘 반대였지만
서로의 계절을 보듬어 안아줄 수 있는
파란 하늘 같은 마음을 가졌구나

식성도, 생활도, 성격도
서로 다른 우리가 지금까지
함께할 수 있었던 건
자연이 맺어준, 세상이 맺어준

이 세상 가장 아름다운 말
'사랑' 속에 담아낸 우리였음을.

혼자가 아니어서

밝게 웃어 보았던 게 언제일까?
환하게 웃어 보았던 게 언제일까?
같이 웃어 보았던 게 언제일까?

혼자 웃고 있는 지금의 나

소리 내 울어본 게 언제일까?
슬프게 울어본 게 언제일까?
같이 흐느껴 본 게 언제일까?

혼자 울고 있는 지금의 너

짧지만 길었던 순간의 아픔 딛고
다시금 함께하는 소중한 존재
그게 나여서, 그게 너여서, 그게 우리여서
울고 웃으며 걸어가는 거겠지.

특별한 사람

누군가 정해놓은 특별한 날이 아닌
너를 만난 그 순간이 특별했고

특출나서 특별한 것이 아닌
너로 인해 특별한 사람이 되었고

남을 특별하게 해주는 사람이 아닌
오직 너만을 위해 특별함을 만드는
사람이 되어주겠다고

사시사철 흘러가는 모든 순간을
너의 마음속 가득히 특별한 순간을
만들어주는 사람이 되겠다고

나는 너에게만큼은 특별한 사람이니까.

보고 싶은 그 사람

언제든 꺼내 보지 않아도
온 세상이 너로 가득하면 좋겠다

어딜 보아도, 어딜 가도
내 세상 온통 너로 가득 차면 좋겠다

너와의 하루를 끝내는 아쉬움
떨어지지 않는 발걸음 돌리지 않게
이 세상이 너로 가득했으면 좋겠다

매일 보아도 보고 싶은 그 사람.

꽃 같은 사랑놀이

온 세상이 꽃으로 물든 것을 본 적 있나요
물도 필요 없는 꽃밭을 본 적 있나요
시든 장미도 살아나는 이곳은
당신의 마음속 정원이라 부르네요

우리 마음의 농도처럼 짙어진 열매
우리 관계가 깊어져 붉게 물든 열매
우리 미래를 키워가는 초록빛 열매
여기저기 피어난 사랑의 열매

꽃을 보며 떠올리는 우리 모습
꽃을 따라 걸어가는 우리 모습
꽃잎 담아 피어있는 우리 마음

꽃이 사랑이라면, 사랑이 꽃이라면
우리와 같아라, 꽃 같은 사랑놀이.

마음을 채워줄게

글 안에 모든 걸 담을 수 없었다
전화를 받지 않는 너에게
전할 수 있던 건 간접적인 마음뿐

눈 안에 모든 걸 담을 수 없었다
오로지 느낄 수 있는 건
내게 건넨 너의 간접적인 단어뿐

달려가지 못해서, 안아줄 수 없어서
전할 수 있는 마음은 그저, 글과 머나먼 목소리뿐

몸이 멀어져 마음이 멀어진다는
너의 구슬픈 감정과 말들
그런 너에게 내가 전하는 나의 마음에 소리

달과 해가 있는 어디든
너의 눈 속 가득히 너를 채워 가겠다는
진심의 약속

너의 불빛이 잠들고, 나의 불빛도 잠들어본다.

사랑은 닮는다

가깝지만 먼 우리
알다가도 모를 우리
열다가도 닫아버린 마음
넘을 듯 말듯 아슬한 선
맞는 것이 하나 없던 우리 둘

먼 훗날을 위해 지켜왔던 우리
모든 것을 알고 있다 착각했던 우리
모든 것을 주었기에 닫힌 마음
지켜야 할 서로의 존중
맞는 것이 없어 맞춰가던 우리 둘

같은 곳을 바라보고
눈빛만으로 이해하며
마음을 넘어 서로의 모든 것을 주고 싶은
흔들리지 않는 수평선을 그어
너와 나가 아닌 사랑을 통해
닮아가는 우리

사랑은 닮아가고 있구나.

마음의 편지

열 줄기에 빛보다
한 줄기 빛이 아름다운 것은
너란 존재가 있기에 그렇고

매일 같은 일상들이
특별해질 수 있는 것은
너란 존재가 채워주기에 그렇다

내면의 아름다움이 가득한 당신
사소한 행복을 나눌 줄 아는 당신
그 어떠한 것보다 나를
소중하게 여겨주는 당신

그러한 당신이 내 곁에 있어
내가 빛이 나는 사람이자
특별한 존재라는 사실을
일깨워 주었습니다

당신에게 전하는 마음의 편지.

단 한 사람

나는 늘 궁금했어
내가 바라보는 너와, 네가 바라보는 나

너의 반짝이고 그렁그렁한 눈
나를 바라보는 너의 모습이, 너무나 빛이 나고 선명해서

내가 바라보는 나의 두 눈도, 너처럼 아름답고 선명할까?
보여지는, 담아지는 이 모든 것들이
머릿속을 울려올 땐 나는 늘 궁금했다

너의 두 눈 가득히 채운 나의 모습
마치 거울 속 나와 마주하니
나는 너무나 웃음이 많은 사람, 너무나 행복한 사람
너무나 아름다운 사람이었네

내가 보지 못한 나의 모습
너는 두 눈 속 나를 행복하게 채웠구나
궁금했던 너의 눈 속에 나는 이 세상 가장 행복한 사람

나의 두 눈 속 너는, 나에겐 없어선 안 될
이 세상 단 한 사람.

너의 품에서

너의 품에 안겨 잠들고 싶어
오늘의 하루가 너무 쓰디써서
하루 끝은 달콤한 꿈을 꾸고 싶어

너의 품에 안겨 잠들고 싶어
오늘의 하루가 너무 아프고 지쳐
너의 온기에 기대 위로받고 싶어

네가 내어준 하늘 같은 마음
네가 짊어준 나의 일상의 무게
네가 품어준 나라는 존재

너의 품은 너무 달콤했고
너의 품은 너무 따뜻했듯
나의 품 온 가득 너로 채워간다.

당신의 그림자

오늘의 너와 내가 우리가 되기까지
수천 번, 수만 번, 마음을 다듬고
서로의 마음속 씨앗을 심어
수없이 물을 주고 사랑의 열매를 키웠지

길고 긴 반복된 노고의 시간이 뿌리내려
만개한 꽃은 우리가 함께한 시간을 담아
추억이 되었고, 둘이 걷는 우리의 앞날은
태양보다 뜨거운, 달보다 빛나는
서로의 등불이 되었지

우리의 시계는 서로 다른 환경 속에
흘러왔기에 같을 순 없지만
축복 속에 맺어진 끊기지 않는 매듭은
우리의 시간을 앞당겨 하나가 되었고

영원히 함께하는 그림자가 되었다.

운명의 순간

운명을 거스를 수 없다면
저의 운명은 제가 정하겠습니다

비록 그 운명의 길이 아닐지라도
저는 그 운명의 길을 선택하겠습니다

당신이 그어놓은 운명이 아닌
내 두 눈과, 내 마음이 가리키는 운명

아름다운 별들이 쏟아지는 하늘이 아니어도
마음의 빗줄기가 쏟아지는 슬픔이어도

당신과 꼭 잡은 두 손과 함께라면
나는 내 운명을 그려가겠습니다.

하늘이 아주 많이 예쁜 날

오늘의 너를 기다리며 바라본
하늘은 아주 많이 예쁘구나

1분이 길게 느껴지는 만큼
심장 소리가 귀에 울려 퍼질 만큼
보고 싶은 마음에 멈추질 못하는 발동작만큼
너를 닮은 하늘이 유난히 예쁘구나

아침의 시작과 저녁의 끝까지
만남의 설렘과 헤어짐의 설렘까지
오늘의 너와 내일의 너를 만날 그 순간까지
오늘의 하루가 아주 많이 예쁘구나

너를 만난 처음, 너와 함께할 끝
그게 너여서, 그게 나여서
우리가 바라본 그날의
하늘도 아주 많이 예쁘구나.

너와의 약속

친구 같은 연인을 꿈꾸었다
평범한 듯 평범하지 않은
단순하면서 단순하지 않은
편안하면서 불편함이 섞인
그런 관계

친구 관계는 오래가지만
연인 관계는 오래가지 못한다
장담했던 너의 한마디

고집 아닌 고집 속
반박을 차단하였던 확신
그런 너에게 나는 약속했다

너와 나는 해와 달
너와 나는 아침과 저녁
같은 듯 같지 않고, 멀지만 가까운
언제나 곁을 맴도는 사람

해를 품은 달이 되겠다 약속했고
아침을 기다린 새벽이 되겠다고 말했다

확신 속에 꺼내 보지 못한 마음이
힘을 잃는다 해도, 내가 나를 믿지 못한
순간이 찾아온다 해도

그런데도 그런 나를 끝까지
믿어준 너였기에
너의 곁에 늘 맴돌며 함께하는
그런 내가 되겠다고 약속했다.

가끔은

가끔은 그런 날 있잖아
한밤에 고단함이 가득해
설렘 한 줌 가득했으면 하는

가끔은 그런 날 있잖아
미치도록 보고 싶은 마음
넘쳐흐르는 그리움 같은 거

가끔은 그런 날 있잖아
내 몸이, 내 마음이 지쳐
기대고 싶은 어린 마음

매일 밤 꿈속에서 느껴보는
그런 날이 가끔은 깨지 않는
꿈이 되었으면 좋겠다는 그런 날.

거기에만 있어 줘

너에게 바라는 것이 있다면
네가 무얼 하든 거기에만 있어 다오

너의 슬픔이 가득하여 슬피 울 때면
밤공기 지저귀는 귀뚜라미 물어 찾을 테고

너의 감정이 복잡하여 길을 잃을 때면
밤하늘 반짝이는 반딧불 따라 찾을 테고

너의 행복이 넘쳐흘러 날 안 찾을 때도
밤안개 뿜어대는 달빛 따라 기다릴 테니

너는 나를 찾지 못해도
나는 너를 찾아낼 테니
너는 거기에만 있어다오.

당신과 함께라면

이제 우리 그만 해요
헤어지며 아쉬워하던 일도
수잠 자며 뒤척이던 일들도
약속하고 만나는 데이트도
우리 이제 그만 해요

처음부터 지금까지 보낸
우리의 시간 여기까지 해요
억지로 놓아야 했던 두 손
아쉬움에 붙잡고 있던 통화도
나는 그만할래요

이제 우리 연애 말고 결혼해요
헤어지며 아쉬워하던 일도
수잠 자며 뒤척이던 일들도
약속하고 만나던 데이트도
우리 이제 매일 같이해요

다시 처음부터 새롭게
우리의 시간을 함께 만들어요

지금 잡은 두 손 평생 놓지 않겠다고
다짐했던 이 마음 변치 않을게요

멋진 말도, 화려한 선물도
못 해준 나지만 하나 꼭 약속할게요
오직 당신을 위한 내가 되겠다고
나에게 가장 소중한 선물이 있다면
지금의 이 순간이 아닐까 생각해요

오늘이 아니면 다시는 없을 기회
나는 놓치고 싶지 않아요
매일 보는 해, 매일 보는 달
당신과 함께 라면 그 매일
매 순간이 아름답게 빛나겠죠
나와 결혼해줄래요?

너의 밤이 되어 줄게

매일 새벽 울리는 핸드폰
깊이 잠들지 못한 너의 한마디
"자? 악몽 때문에 깼어."
매일 손에 쥔 채 울려오는 핸드폰
자연스레 바뀐 나의 수면 시간
"응? 아니. 안자고 기다렸어."

한 시간, 두 시간 너의 눈이 감겨 환한 빛을 맞이하는
아침이 올 때까지
마음만은 너의 곁에 두었다가 아침이 오고서야
잠을 청한다

짙게 자리한 우중충한 눈 밑 미안하다며
살포시 안아주던 너의 따뜻한 마음이 좋아서일까
무거운 발걸음도 가볍게 만들어준
너의 품이 너무도 포근하다
살며시 감긴 눈은 어엿한 초저녁이 되어서야 눈을 뜨고
웃으며 토닥여주는 너의 손길 따라
입가에 미소를 띠어본다

오늘의 밤, 오늘의 새벽은 너의 급한 연락과 시작이 된다
얼마나 무서웠을지, 다급한 전화에 급히 택시에 올라타
너에게로 향하는 나의 마음이 요동치고
나의 얼굴 보며 터져버린 울음과 삐죽거린 입술이
너의 마음을 전해주네

'괜찮아' 토닥이며 내 품에 잠든 너를 바라보며
나는 우리에게 다짐한다

"너의 밤이 되어줄게."
"너의 곁에 함께할게."

네 생각

오늘은 너무나 힘든 하루였어
마음도, 생각도, 행동도
원하지 않는 것들로
뜻하지 않는 것들로
너와 나를 떨어지게 했어

오늘 바라본 천장은
알 수 없는 말들과
알 수 없는 글씨들이 빼곡했고
바쁘게 움직이는 두 눈은
한 번의 선택이 불러올 악몽일지 길몽일지

듣고 싶은 대답을 찾아 서성이고
방 안 가득 물들어 가는 네 생각 속
정하지 못한 이야기들만 남아있네

보고 싶다 좋아한다, 사랑한다.

두 사람

혼자 걷던 이 길은 외롭고 쓸쓸하였다
한참을 걷고 또 걷던 긴 여정의 시간
너를 만나기까지 참으로 고되고 힘들었던
줄다리기의 시간이 너를 만나 마침표가 되어

고되고 힘들었던 기억 모두 잊혀
이제는 '나'가 아닌 '우리'의 시계 소리는
어찌 이리 웅장하고 아름다울까?

오늘의 나는 네게 약속하리라
나는 너에게 이 세상 가장 따스한 햇볕이 되어 줄 거고
나는 너에게 이 세상 가장 시원한 그늘막이 되어 줄 거고
나는 너에게 영원히 빛날 해가 되어 주리라

오늘의 나는 네게 약속하리라
나는 너에게 이 세상 가장 반짝이는 별이 되어 줄 거고
나는 너에게 이 세상 가장 포근한 밤하늘이 되어 줄 거고
나는 너에게 영원히 네 곁을 지켜줄 달이 되어 주리라

오늘 우리가 맞잡은 두 손 만인 앞에 약속하리라.

울 수 있어 다행이다

웃음보다 울음이 많던 날
차오르는 소리샘
억누르는 공기압

애써 웃음 짓던 날들
기어코 말 한마디에 무너졌다

울음보다 웃음을 짓던 날
소리 없는 묵언의 울음
닦지 못한 마음의 울림

애써 웃음 짓던 매일
당신의 말 한마디에 감추지 못했다

당신이 내어준 따뜻한 마음
당신이 내어준 따뜻한 손길
당신이 내어준 따뜻한 눈빛

유일한 나의 마음을 울린, 당신이 함께라서
울 수 있어 다행이다.

성장통

많이 아프기도 하고
많이 바뀌기도 하고
외적으로, 내적으로
아픈 만큼 성장하듯이

지금의 우리 사랑에도
아픈 순간만큼
성숙하게, 단단하게
성장해 가겠지.

당신의 계절, 당신의 꽃

활짝 핀 남들을 보며
늘 부러워만 했고, 피어나기 위해 수 없이
참고, 견디며 활짝 필 날을 기다렸지만,

뿌리조차 내리기 쉽지 않고,
초록 잎 피다 저물기 바빴다

나름 남들을 보며 흙도 다듬고, 물도 주고,
멈춤과 시도를 반복하며 피어날 날을
소망했지만 나란 꽃은 필 수 없는
그저 꽃이 아닌 잡초 같은 존재였을까

꽃이 된다는 것, 너무나 아름답고 반짝이는 고귀함을 담은
특별한 순간이자 특별한 존재라 생각했다

똑같이 주어지는 시간 속 짜이고, 쓰여지는
그, 단 한 순간으로

모든 것을 결정짓기엔

봄, 여름, 가을, 겨울, 모든 계절에 피어난 꽃들이 모두

아름답다는 것 피어나지 못해 슬픈 꽃

이 세상 어디에도

피지 못할 꽃은 없더라

기어코 겨울에 핀 나란 꽃

다가올 다음은, 어느 계절에 피어날까.

나는 너야

나의 사랑도 너였고
나의 마음도 너였고
나의 소중한 사람도 너다

아침을 열고 밤을 닫아도
온통 나에겐 너뿐이다
일 년, 열두 달, 사계절

피고, 지고, 물든 온 세상에도
너와 그리는 하루도
너와 만드는 미래도
내게 주어진 모든 것이

나는 너야.

그것이 사랑이었다면

그것이 사랑이었다면
잔소리라 여겼던 걱정도, 의미 없다 여겼던 조언도
나는 담았는지도 알지도 못한 채
지나온 지금을 후회하지

그것이 사랑이었다면
강하게 내뱉던 욕들도, 오글거리던 진지한 말들도
나는 그저 가볍게 흘린 채
지나온 순간을 후회하지

그것이 사랑이었다면
익숙함에 묻어 보지 못한 마음도,
투정이라 단정했던 감정도
나는 보지도 듣지도 못하고
지나온 시간을 후회하지

그것이 사랑이었고
부모님의 사랑, 친구의 사랑, 연인의 사랑,
모든 그것이 사랑이었다.

가장 아름다운 순간

햇볕이 따뜻할 수 있는 건
차가운 달이 함께여서 그렇고

별빛이 밝게 빛날 수 있는 건
어두운 밤하늘이 감싸주기에 그렇습니다

그대가 아름다울 수 있는 건
햇살도, 달도, 별빛도, 밤하늘도 아닌
그 모든 것을 전하고 싶은
내가 함께여서 그렇습니다

서로의 위치에서, 서로의 존재만으로
아름다웠을 우리 둘
가장 예쁜 순간, 가장 멋진 순간
내게 와준 그대가 있어, 내게 와준 당신이 있어
지금이야말로 황홀한 순간입니다

각자의 시간보다 우리의 시간은 짧고
앞으로의 시간을 앞당길 순 없지만
우리 함께 쌓아온 그 시간의 깊이는
각자의 시간보다 깊고

쌓아가고 그려 갈 우리의 하얀 세상은

수많은 그림들이 함께하기에

그보다 더 아름다울 수 없습니다

그대와 당신이기에

우리는 가장 아름다운 순간입니다.

사랑의 물음

혼자 걷는 이 밤

혼자 걷는 이 밤은 늘 외로워
너와 함께한 오늘이 늘 아쉬워
빙빙 돌다 다음날이 되어서야,
아쉬움 담은 너의 뒷모습 보며
늘 인사했지

아침이 오긴 하는 걸까?
돌아오는 길목에서 바라본, 밤하늘은 너무 아름다워
혼자 하염없이 바라보다,
늘 속삭였지

오지 않는 아침을 기다리며, 아직도 긴 밤을 걷고 있는
나에게 오늘은 너무나 견디기, 힘든 시간이었다고
늘 투정했지

너는 이 마음 알까?
자다 깬 너의 연락 기다리며
긴 밤을 보내고 있는 나의 마음
너는 알기는 할까.

사계절 중

꽃은 지고, 봄은 지지만
우리 사랑 여름에 올라타 활활 타고
짧은 봄을 지나 다음 계절 올 터니
우리 사랑은 오래가길

우리 모습은 계절 따라 바뀌어 가지만
품 안에 가득한 사랑은 계절 따라 깊어지고
우리 함께 보낸 시간 계절에 담아 적어보니
더할 나위 없이 아름답구나

우리 사랑은 사계절 중 어디였을까.

알고 싶어 나와 너의 마음

매일 같이 하루를 알려주는 알람 소리
일거수일투족 나의 일정을 알려주는 달력
목적지에 정보를 알려주는 시간표
눈에 보이게, 나의 한눈에 알 수 있게
항상 가까이서 알 수 있는 소식들

나의 마음, 너의 마음도
매일같이 알려주는 알람처럼
일거수일투족 그날을 기록하는 달력처럼
목적지에 정보를 알려주는 시간표처럼
나의 마음, 너의 마음도
눈에 보이게, 나의 한눈에 볼 수 있게
항상 가까이서 보고, 알고, 느낄 수 있길

오늘의 마음은 어떨까.

우리는 알았을까

처음 본 그 순간을 기억하면
세상을 등에 업은 기분이었다
자연스레 짓고 있는 나의 미소
웃음이 끊이질 않던 그날이
너무나 행복했다

서로가 행복해지기 위해
서로를 행복하게 해주기 위해
서로를 웃음 짓게 만든
우리의 사랑은 미안함이 되어
아프고 힘든 사랑이 되었다

행복하기 위해, 행복해지기 위해
서로를 감싸고 안아주던 우린
왜 아프고 힘든 사랑이 되었을까?

아프지 않기 위해, 힘들지 않기 위해
내린 선택이 이리 더 힘들고 아플 줄
우리는 알았을까.

잘못 그은 선 하나

나의 마음 너의 마음
곡선이 아닌 평행선이었다면
어땠을까?
행복했을까?
똑같았을까?

지구가 둥글 듯이 돌고, 돌아
언젠가는 다시 만날 수 있다면
우리 마음도 네모와 세모가 아닌
둥근 원형으로 만든다면

긴 시간 돌고, 돌아
다시 만나지 않을까.

물음표와 느낌표

당신의 마음은 늘 한결같고
당신의 생각은 늘 명확합니다

흐트러짐 없는 몸짓과
흔들리지 않는 마음과
헷갈리지 않는 언어로
늘 나에게 보여주네요

나의 마음은 늘 불안정하고
나의 생각은 늘 복잡합니다

잡혀있지 않은 몸짓
휘둘려져 버린 마음
뒤죽박죽 엉킨 언어
늘 보여주지 못해 아려오네요

당신은 느낌표를 던지고
나는 물음표를 던지며
좁혀지지 않는 마음의 거리를
언제쯤 바꾸어 갈까요.

나의 대답은

진실된 사랑은 미련을 남기고
진실된 사랑은 아쉬움을 남기고
진실된 사랑은 후회를 남기며

진심으로 그 사람을 사랑했음을
이별 후에 돌아보는 회상의 시간은
그날의 진실된, 진심의 사랑이었음을

마음의 물음이 답해주었다.

채울 수 없는 것

사랑도 인연을 만나 채워지고
행복도 가치를 만나 채워지고
슬픔도 사람을 만나 채워지고
인생도 시간을 만나 채워진다

채우지 못한 것이 있다면
마음 한편 뚫려버린 공허함이 아닐까.

풀 수 없는 질문

길고 긴 마음만이 사랑이더냐
짧디짧은 마음마저도 사랑이더라

이루어진 마음만이 사랑이더냐
이루지 못한 마음마저도 사랑이더라

둘이 나눈 마음만이 사랑이더냐
혼자 품은 마음마저도 사랑이더라

고귀하고 아름다움만이 사랑이 아니었음을
비천하고 의미 없음마저도 사랑이었음을

풀어도 풀어도 풀 수 없는 것이 있다면
그건 사랑이었음을.

아름다울 수 있길

아침에는 가면을
점심에는 두 개의 인격을
저녁에는 그림자의 존재로

화려한 것만이 아름다움인 것처럼
보이는 것만이 나다울 수 있단 착각처럼
나답지 못하여 부끄러움 속에 숨는 것처럼

아름다움이 외면과 내면이 아니라
온전한 '나'였을 때 아름답다는 것을
누구도 알지 못하였구나.

당신의 사랑은 허물인가요?

마음 주고 정 주고
온 마음 다해 내 던진 마음에
갑과 을이 정해지는 관계라면
그것은 사랑일까요

내 마음, 당신의 마음
누구의 마음이 크고 작고
누구의 마음의 깊이가 다른 것이
사랑을 정화할 수 있을까요

파란 하늘, 노란 하늘, 붉은 하늘
파란 바람, 노란 바람, 붉은 바람
뭐 하나 내게 중요한 것은
이유 따위는 중요하지 않은

그저 그 모습 그대로의
당신을 내 마음속에 품어
온 마음을 전했을 뿐이고

온 마음 다해 전한 진심에
이유가 붙고 선이 생기고
정의를 내려야만 한다면

나는 사랑이 아니라
그저 당신이 던진 허물만을
맴돌았나 봅니다.

한 번의 토닥임

주체할 수 없는 방황의 시간
끊길 듯 말 듯 아슬한 순환점
풀릴 듯 말 듯 숨죽인 허탈함

밤이 되면 찾아오고
달이 뜨면 풀어내고
별이 뜨면 빌어보고

하나의 조명, 하나의 버팀목
하얀 원형 속 혼자만의 시간
주위엔 암흑만이 가득 채우네

눈감으면 짙어지는 한숨
눈감으면 펼쳐지는 후회
눈감으면 들려오는 다짐

멈추기 위해 견뎌야만 했던, 똑같은 감정, 똑같은 일상
시간이 해답이라는 어리석은 믿음,
그 믿음만이 유일한 숨구멍

단지 내가 필요했던 건
한 번의 토닥임이었을 수도 있지 않았을까.

걸어보니 알겠더라

부모님 말씀은 늘 잔소리 같았지
마음에 와 닿지 않아 듣지 못한 수 없는 말

되새길 수 없어 후회되고
흘려보내 주울 수 없어 아쉬운 마음만 커져간다

부모님 말만 들어도 반이라도 간다는 말

부딪히며 깨진 마음 모아보니 틀린 것
하나 없는 교훈이었다

그때는 알 수 없는
그날은 느낄 수 없는
나를 위한 진심

일상이란 그늘 아래
인생의 실행착오 끝
너무나 큰 깨달음

꽃길만 걷길 바랐던 따스한 마음
걸어보니 알겠더라.

그만해도 돼

그만해도 돼
눈을 감고, 눈을 뜨는 그 순간들이
괴롭고 힘들어 울부짖던 날들
이제는 내려놓아도 돼

충분히 했어
감정을 끌어모아 소비하다 못해
닳아 없어질 때까지
너는 그 누구보다 최선을 다했어

스스로 빛과 멀어지려 했던
지난날은 지우고
멈춘 걸음 다시
너답게 내디뎌 가길 바라.

행복했을까?

돌고 돌아 다가오는 오늘이
매일매일 반복되는 일상이
마치 내게 주어진 당연한 것들이라
소중하다 여기지 못했다

지금이 버거워서
지금이 괴로워서
순간이 지루해서
때 되면 꾸깃꾸깃
넘어갈 한 장의 종이라 생각했다

넘겨진 종이는 매일 같은 새 종이로
적혀질 내용도, 이어갈 단어조차 없는
늘 항상 꾹 누른 마침표만이 존재했다

오늘의 하루가 끝인 것처럼
오늘의 일상이 마지막인 것처럼
다가올 내일조차 없는 순간이라면

오늘의 하루는 행복했을까.

우리의 약속

초록 숲 사이 빛나는 것이
마치 너와 함께한 그날의 봄 같구나
살랑 바람 느끼며 거닐던 5월 9일
그날의 아름다움을 오늘 또 한 번 느껴본다

손에 흥건하던 땀물도, 흐르지 못한
우리의 뜨겁던 사랑도, 마음을 깊이 마시는
초록 숲 그 길에서 너와 나는
구름 한 점 없는 파란 하늘 보며 약속했지

내년, 매년, 찾아오는 봄처럼
봄길 따라 어디든 함께하겠다는 약속
나는 오늘 내게 온 봄과 함께
오지 않는 너를 초록 숲길 위에서
그날을 그려본다.

노력의 결과물 _ 권민수

포기라는 상처가 생기고
노력이라는 연고를 바르고

도전이라는 밴드를 붙이고
실천이라는 흉이 남아있다

이게 노력일까?

노력, 도전, 실천
멋진 말의 마음

꾸준히 도전하고
노력하면 병이 나아지는

실천이라는 흉터가 남는다

노력하면
실천이라는 흉터가 남고
도전이라는 밴드가 생긴다.

갈증

채워도 채워지지 않는 갈증이여
애타게, 간곡하게 요청하는 나의
목구멍은 쉴새 없이 들이마셔도
들어가지 않는, 채워지지 않은 시원함

무엇이 부족했는지
무엇이 필요한 건지
무엇이 잘못됐는지

흐르는 땀방울과 두 손 가득 쥔
물병은 채워지지 않는 기분 모를
찝찝함만 남긴 채 소리치는 구나

바람결 따라 숨었다가 열기 따라
비추었다가 반복되는 숨바꼭질 끝
그토록 간곡히 요청했던 시원함을
목구멍 깊숙이 채워지고서야
나는 알게 되었구나

네가 내게 했던 이유 모를 투정과

네가 내게 했던 기분 모를 모진 말

네가 바랐던 관심과 확인이

내가 네게 준다고 주었던 마음이

마음 깊숙이 채워지지 않았구나

갈증을 해결해 주지 못한

갈증을 채워주지 못한

나의 진심이 갈증을 느끼고서야

너를 돌아보게 되었구나.

사랑의 핑계

보고 싶다던 말 한마디뿐
움직이지 않는 너의 발걸음
시간이 없어 볼 수 없다는 말
시간을 내지 않았던 너의 속마음

'사랑해' 말 한마디뿐
보이는 행동 속 실없던 마음
연락을 못 한 것이라던 말
연락을 하지 않은 것이던 너의 거짓말

순간을 넘기기 위한 한순간의 말
설렘만 사라진 줄 알았더니
사랑마저 사라진 너의 핑계

그 한 번의 핑계가 우리의 관계를
그어 놓은 선이 됐다는 것을.

순간의 타이밍

망설였어 나의 마음
망설였어 나의 고백
망설였어 지금 사이

주저했어 우리 마음
주저했어 할까 말까
주저했어 우리 관계

고민했어 지금 마음
고민했어 끝난 걸까
고민했어 돌아 갈까

돌이켜 보면 참, 미련했네.

서툴렀던 진심

네게 해줄 수 없던 말
네게 해준 적 없던 말
네게 할 수도 없던 말
끝내 하지 못한 말

네게 자주 했던 미안해
네게 상처 줬던 행동들
네게 아픔 줬던 말들
끝내 들을 수 없던 말

네가 듣고 싶던 세 글자
네가 확인했던 내 마음
네가 보고 싶던 내 행동
끝내 전하지 못한 진심

사랑해, 그리고 고마워.

미끄럼틀

오르지 못할 나무 어디 있더냐
우러러보던 하늘도
내려다보지 못한 달도
나무늘보처럼 더디게 가도
하늘 끝에서 마셔보는 달콤한 공긴 것을

걸을 수 없는 길 어디 있더냐
족쇄 차고 옴짝달싹 묶인 발도
허리쯤 차오른 늪이어도
여인과 만인과 함께하니
굴곡진 길도 꼬부랑 길도 그저 길인 것을

이치와 맞지 아니한들
내림이 있으면 오름이 있고
오름이 있으면 내림이 있으니
그것이 세월이자 인생이구나.

매일 같다면

오늘은 해와 달도 더웠는지
강물에 담겨 목을 축이고
오늘은 바람도 더웠는지
산속 가득 자리하여
숲을 만들어 자연을 느끼네

내일은 해와 달이 더웠는지
구름 등에 업혀 바람을 느끼고
내일은 바람도 더웠는지
구름 뒤에 머문 채
산길 따라 자연과 함께하네

매일 같다면 누구 하나
소망을 품지 않을 테고
매일 같다면 오늘도 내일도
머물지 못한 채 후회로 물든
하늘을 보며 아쉬움만 남겠지.

흔들리고 있다면

바람은 구름이 되고 싶고, 구름은 해가 되고 싶다
달은 별이 되고 싶고, 해는 하늘이 되고 싶다

산은 말했다
하지 말란 법도, 되지 말란 법도
정해진 길 따위는 없다고

숲은 말했다
해야 할 것과 하고 싶은 것
새로운 길을 개척 하라고

강물은 말한다
흐르는 물처럼 흘러가라고
밀든, 밀려가든 가다 보면
그것이 나의 길이라고

나는 말한다
그 누구가 아닌 나를 위해
걸어 가라고, 잘하고 있다고
남이 아닌 내가, 너의 길을 응원하고 있다고.

비가 오면

비가 오면 눈물이 나
빗속에 숨긴 나의 눈물이
발끝까지 흘러내리도록
하염없이 흘려보내

빗소리에 눈을 감아
빗방울에 담긴 나의 아픔이
귓속까지 들려오도록
끊임없이 두드린다

흘러내린 눈물이
나의 주변 떠나지 못해
고여버린 빗물 내 발목 잡으니
잊지 못한 나의 슬픔이

비가 오면 너를 찾나 봐.

걸음이 빨라서

잘하고 싶었고
잘할 수 있었고
잘하지 못했다
너를 만나기 전까지

못 하고 싶었고
못 할 수 있었고
못 하지 않았다
너를 만나고 나서

변한 것도 아니었고
변하지도 않았고
변할 수도 없었다

그저 노쇠해진 마음
너무 빨리 다 주었던 마음
너의 속도가 아니라
나의 속도로 달려왔던

그날의 마음.

착각 속 걷는 그대에게

힘들 때 웃어 보았다
슬플 때 웃어 보았다
아플 때 웃어 보았다
복잡하고, 괴로울 때
부정이 가득한 곳에
나는 웃음을 지었다

좋을 때 웃지 못했다
기쁠 때 웃지 못했다
설렐 때 웃지 못했다
행복하고, 시원할 때
긍정이 가득한 곳에
나는 웃음을 잃었다

알지도, 알 수도 없는
그어놓은 기준에 맞추어
표현하고, 행동해왔던
감정에 충성심

편견과 기준을 보이지 않는

검정 물로 가득 채우니

보지도, 보이지도 않던

감정에 물결

흩뿌리고 찾지 못한

잃어버린 내 안의 나

한발 치 앞에 걷던 그림자

뒤돌아 마주하니 그간의 착각 속

묻어두었던 본연의 나를 만났다.

애쓰지 않을 용기

애쓰지 않을 용기가 필요하더라
흘러가는 계절에도
지나가는 일상에도
채워지는 마음에도

애쓰지 않을 용기가 필요하더라
계절의 감정을 느끼지 못할 용기
지나가는 시간을 보낼 줄 아는 용기
채워지는 마음을 비울 줄 아는 용기

항상 초록 불이었던 나의 모습
멈출 줄 몰라 애써왔던 차도에 던져진 나

항상 선택해야만 했던 주황 불
멈추어야 할지 다급히 지나쳐야 할지
늘 듣지도 보지도 못한 채 지나쳐야 했던
무수히 놓쳐버린 나의 모습

애초에 멈춤은 없었던 빨간 불
과한 욕심과 과도한 조급함이
멈추는 방법을 지운 채

걷고 달려야만 했던 그날의 나

계절도, 시간도, 마음도
애씀으로 채울 수 없다는 것

그것이 애쓰지 않을 용기가 필요한 이유.

사랑의 이해

사랑이었음을

아끼고 주는 것만이 사랑이 아니었음을
지우고 끝내는 것만이 이별이 아니었음을
설렘도, 행복도, 아픔도 모두 사랑이었음을

사랑의 이해.

나의 사랑은

나의 사랑은 시곗바늘 같아
나의 사랑은 긴 바늘이었고
너의 사랑은 짧은바늘이었지

멀어져가는 감정을 쫓기 바빴고
마주하기 위해 열심히 뛰다 보면
우리의 사랑은 짧은 만남을 뒤로한 채
또 한 번 멀어져갔지

나의 사랑은 의미 없는 애씀이었고
너의 사랑은 정해진 일방통행이었음을
나는 발악하고서 알게 되었지

사랑의 애씀은 변화가 아니라 발악이고
애쓰는 사랑은 사랑이 아니었음을
뛰다 마주한 나 자신을 보며
알게 되었음을.

피고 지는 것

꽃만이 피고 지는 줄 알았다
꽃만이 결실을 보는 줄 알았다
꽃만이 위로가 되는 줄 알았다

피고 지는 꽃을 보며
우리를 떠올렸고
피고 지는 것이 꽃만이 아님을

우리의 사랑도 피고 지며
우리의 사랑도 결실을 보고
우리의 사랑도 서로를 위로하는

꽃과 같은 존재였다는 것을
피고 지는 것이 꽃만이 아니었음을.

과거, 현재, 미래

너를 떠올릴 때면 가슴 한편이 먹먹해져
하지 못한 말, 전할 수 없던 말
다하지 못했던 나의 마음
이제는 전 할 수 없어 그리움이 되었네

먹먹했던 마음, 시간 지나 돌아볼 때면
내 마음 무뎌져 공허함 가득하고
아쉬움과 후회로 물 들었던 지난날
이제는 보낼 수 있어 추억이 되었네

아쉬움, 후회 남기지 않으려
온 마음 전하고 또 전하니
진심이 전해진 걸까?
이젠 함께하는 매일 행복하네.

인연의 수명

봄의 시작은 아름다웠고
봄의 끝은 황홀했다

여름의 시작은 뜨거웠고
여름의 끝은 찝찝했다

가을의 시작은 흔들림의 연속이었고
가을의 끝은 아팠다

겨울의 시작은 온몸 곳곳 시렸고
겨울의 끝은 너무나 추웠다

계절이 바뀌며 계절의 수명이 끝나듯
우리의 관계에도 수명을 다했구나.

그때는

그때는 그게 맞는 줄 알았어
너의 말 한마디가

그때는 그게 맞는 줄 알았지
너의 행동 하나하나가

그때는 너의 전부가
맞고만 믿고 싶었어

돌아보니 지금 내 옆에 있는
사람을 만나고 알게 되었어

너의 그때가, 너의 전부가
우릴 위함이 아니라

오직 너를 위함이었다는 것을
그때의 나를 보며, 지금의 나를 보며
그때의 그날을 회상하며.

완벽한 사랑, 완전한 사랑

완벽한 사람이 되고자 했던
완전한 사랑을 주고자 했던
그날의 나의 모습

잘 보이고 싶었던
잘 해주고 싶었던
너무 과한 감정과
너무 과한 욕심

그날의 나는
완벽한 사람도, 완전한 사랑도
되지도, 주지도 그저 너를 통해

그저 너를 통해 만든 것이 아닌
그저 너를 통해 변질되어 가는
나의 두 얼굴

완벽하지 못해 완벽하길 바랐고
완전하지 못해 완전하길 바란
착각 속에 그날들

너와 함께여서 일깨웠고
완벽한 사람도, 완전한 사랑도
혼자가 아닌 함께여서
가능했다는 사실

그렇게 나는
오늘 너를 만나 알게 되었다.

사랑은

사랑은 봄이 오길 기다리고
이별은 가을이 오길 기다린다

사랑은 여름이 오고서 무르익고
이별은 겨울이 오고서 깊어진다

사랑은 계절에 따라 변해가지만
이별은 계절에 따라 흘러간다

사랑은 계절 속에, 이별은 일상에
담긴 채 그날과 지금과 훗날을
기억 속에 간직한다

나의 사랑 기억법.

후회 없는 사랑

웃느라 울지 못했고
우느라 웃지 못했다

행복해서 슬퍼하지 못했고
슬퍼져서 행복하지 못했다

미워서 전하지 않은 게 아니라
사랑해서 전하지 못했다

내가 할 수 있는 최선의 표현은
늘 너와 반대였다.

오늘의 끝

오늘의 하루가 아쉬워서
오늘의 하루가 후회돼서
오늘의 하루가 부족해서
내일을 기대하지 못한 날들이 많아져

시계 속에 갇힌 숫자처럼
매일 반복되는 하루가 겁이 나서
설렘보단 두려움이 짙어지고
내일의 오늘이 정해진 날들이 많아져

눈을 감고 바라본 머릿속
오늘의 잔상들이 넘실댈 땐
지우지 못한 그 순간이 너무 선명해서
내일을 꿈꾸지 못한 날들이 많은가 봐

조금만 이해할걸
조금만 내려놓을걸
조금만 보듬을걸
그 조금을 하지 못해
하루의 마침표를 찍지 못해.

나를 알지 못해서

너의 물음에 답하지 못한 건
나의 물음에 답하지 못해서였다

너의 마음을 알지 못한 것이 아니라
나의 마음을 알지 못한 것이었고

너를 알지 못한 것이 아니라
나를 알지 못한 것이었다

누군가를 알고, 누군가를 사랑한다는 것
나를 알아야, 나를 사랑해야
그것이 성립된다는 사실

너를 사랑하지 않은 것이 아니라
사랑을 몰라서, 나를 사랑할 줄 몰라서

너에게 전할 수 없었다.

기억 상실

내 머릿속에 갇힌 나쁜 기억
지우개로 한 줌 지워 없애고

내 머릿속에 갇힌 좋은 기억
물 한 줌 흩뿌려 흘려보내고

내 머릿속에 갇힌 슬픈 기억
오색구름 가득 채워 덮어내도

내 머릿속 너와의 기억은
지워지지도, 없어지지도, 사라지지도

오직 내 머릿속 기억은
유일한 너와의 기억으로

내 평생 가득 물들어 간다.

노랗게 물든 하늘

나이가 야속할 때
오늘이 그리워지더라

나이가 먹어갈 때
세월이 그림처럼 다가오더라

나이가 흘러갈 때
감정이 메말라 가더라

나이가 든다는 것이
아쉬움도 크지만
쌓여가던 아름다움이
커져만 간다는 것을

노랗게 물든 하늘이 말해주더라.

감정소비

돌아오지 않는 메아리를 보았니?
들려오지 않는 메아리를 들었니?
나의 감정은 너를 향해 날아갔지만
너의 감정은 나를 향해 오지 않았다

온 맘 다해 내뿜은 감정의 불꽃은
물이라도 맞은 양 조금씩 사그라들고
불을 지필 마음의 심지는 닳고 닳아
텅 빈 모양새만 갖추었다

시작은 짧지만, 이별은 길었던
끝없는 감정표현은
마음속 조그마한 방을 만들고서
품는 법을, 주는 법을 배웠다

그게 너와 나가 아닌
우리가 되었을 때 마음의 방을
만들 수 있다는 것을

지금의 우리를 만나 알 것 같다.

사랑이더라

주지 못해 서글프고
줄 수 없어 아프더라

나누지 못해 후회되고
나눌 수 없어 미련 가득하더라

돌아보니 사랑은
줄 수 있을 때 주는 것이 마음이고
나눌 수 있을 때 나누는 것이 사랑이더라.

이해한다는 거짓말

이해한다는 거짓말
더 이상은 속고 싶지 않아
이해한다는 말장난
더 이상은 듣고 싶지 않아

이해라는 말에 속아 생각하게 되고
이해라는 말속에 바꾸려 했던
이해할 수 없음의 수많은 것들

세 치 혀의 말장난으로, 억누르고 억지해야 했던
나의 과오들

이해가 아니라 받아들임, 받아들일 수 없다면
솔직해야 했던 사실들

이해해서 받아들이고, 이해하지 못해 받아들일 수 없는
합쳐질 수 없는 두 개의 마음.

틀림이 아니라 다름을, 이해가 아니라 받아들임을

오늘도 사랑을 통해 배워간다.

마지막 순간

모든 것이 좋았고
모든 것이 아름다웠고
모든 것이 행복했다
그것이 콩깍지였더라도

수많은 장점보단
한 가지의 단점이 커졌고
억누르는 감정을 삼켜내야만 했다
그것이 정이었을지라도

시작부터 끝까지
후회도, 원망도 하지 않았다
좋은 기억도 나쁜 기억도
모두 너와 함께여서 고마웠다

그것이 현실이란 벽 앞에
놓아야만 했던 관계였을지라도
너를 만난 마지막 순간은

내 생에 최고의 사랑이었다.

사랑

기대하지 말자
아파하지 말자
행복하지 말자
애를 쓰지 말자

사랑한다면 감당해야 할 것들
그것이 사랑이라 말한다.

아침은 돌아오네

하루의 시작이 별로였어도
하루의 끝맺음이 허무했어도
오늘이 잠들면 내일 또
아침이 돌아온다

너의 하루가 행복과 슬픔이
오고 가는 밀물과 썰물 같아도

너의 하루가 흩뿌려져 멀리
조각난 퍼즐 조각 같아도

너의 하루가 극명하게 나뉜
선택의 연속일지라도

아침은 무슨 일이 있어도
돌아오더라

너무 애쓰지 마라
다시 돌아올 아침
너는 늘 빛날 테니까.

한 장면

잊지 못할 과거
잊지 못할 기억
잊지 못할 추억

잊지 못한 후회
잊지 못한 아픔
잊지 못한 회상

강렬했던 저마다의 한 장면.

잠 못 이루는 밤에

잠 못 이루는 밤에
괜스레 끄적여 보는 몇 글자
썼다, 지웠다
어느새 가득 차버린 모든 이야기

너의 이름, 너의 얼굴
우리만의 남겨둔 모든 서사
내가 그랬고, 네가 그랬듯
잠들기 전 읊어보는 오늘

사소했다 여겨왔던 것들이
쌓이고 넘쳐 터져버린 서운함
쉼 없이 오고 가는 아픈 말들
주워담지 못한 후회와 미안함

눈 감으면 끝이 보일까 두려워
하염없이 기다리고 애태우며
너에게 가고 있다

잠 못 이루는 밤에.

거짓말

봄비 맞으며 거닐던 너와의 추억
하늘 가득 채워져 휘날리는 분홍 잎
사랑이란 단어가 아름다웠던 그날
다신 보지 않겠다고 되짚었던 물음

그때는 몰랐지
이 마음이, 이 말들이
끝이 될 수 있다는 걸

사랑하지 않겠다는
사랑하지 않았다는
거짓말.

옛사랑

오늘 날씨가 많이 춥다
바람이 차다 못해 살갗이 아프고
동동 구르던 잔발은 오매불망
너를 기다리던 나의 마음이었다

짤랑짤랑 대던 동전은
보고 싶은 내 마음이었을까
마지막 동전에도 들을 수 없던
너의 목소리는 차가운 바람 업고
돌아서던 아쉬움이었다

전할 수 없던 나의 진심
꾹꾹 눌러 담은 겨울 편지
열 수도 없고, 전하지도 못한, 너와의 기약 없는 약속

가슴 한편에 데워둔
나의 이야기 다음이 있거든,
동동 구르던 겨울이 아닌 봄이어라

지나간 나의 옛사랑.

시, 여미다065

사랑하지 않겠다는, 사랑하지 않았다는 거짓말

초판 1쇄 인쇄	2024년 10월 8일
초판 1쇄 발행	2024년 10월 22일

지은이	이진수
펴낸이	이장우
책임편집	송세아
디자인	theambitious factory
편집 제작	안소라 김소은
관리	김한다 한주연
인쇄	KUMBI PNP
펴낸곳	도서출판 꿈공장플러스
출판등록	제 406-2017-000160호
주소	서울시 성북구 보국문로 16가길 43-20 꿈공장 1층
이메일	ceo@dreambooks.kr
홈페이지	www.dreambooks.kr
인스타그램	@dreambooks.ceo
전화번호	02-6012-2734
팩스	031-624-4527

ISBN	979-11-92134-79-6
정가	13,500원